ESPOIR

À mon ami Gérard Klein qui a toujours un rêve d'avance. Michel Piquemal

 - Dépôt légal 2e semestre 1996 - N° d'édition 11 185/5 - ISBN 2 226 07072 9

Collection dirigée par Marc de Smedt et Michel Piquemal

PAROLES D'ESPOIR

recueillies par Michel Piquemal

Présentées par Marc de Smedt

Images de Michele Ferri

ALBIN MICHEL

En couverture : citation d'André Gide tirée
des *Nouvelles nourritures terrestres*, Gallimard, 1936

C'est quoi, l'espoir ? La petite lumière vacillante au fond du tunnel de nos âmes quand il y fait noir, tout noir. Edmond Rostand, l'auteur de Cyrano de Bergerac, ce personnage désespéré, nous donne un conseil fulgurant : « c'est la nuit qu'il est beau de croire à la lumière ! » Dans la guerre, dans le deuil, dans la souffrance de la maladie ou de l'abandon, dans la solitude et la tristesse, c'est parce que l'on sait garder l'espoir que l'on réussit à sortir du trou. C'est parce que des hommes, des femmes, des enfants ne perdent pas espoir dans leurs heures les plus noires que l'humanité évolue, comme guidée par ce flambeau invisible qui est au fond de nos cœurs.

Seulement l'espoir est comme une plante, il se cultive, il a besoin de soins : c'est la petite fleur sur son astre désert qu'arrose sans cesse le Petit Prince afin qu'elle vive et soit un témoin d'amour. « C'est en croyant aux roses qu'on les fait éclore », disait aussi Anatole France : en effet, par l'attention qu'on porte aux choses, aux êtres, aux situations et à soi-même, l'évolution se féconde, le progrès germe graduellement et la création finit par refleurir.

Mais l'espoir d'une vie meilleure ne suffit pas : il faut forger cette existence qu'on souhaite et cesser de la rêver. Ce qui revient à dire qu'il faut se former soi-même. Comme le dit l'adage populaire : les choses n'arrivent pas toutes seules. Et le proverbe biblique : aide-toi et le ciel t'aidera. Vraies paroles d'espoir et de sagesse, magnifiées par cette parole du sage chinois Lao Tseu, précurseur du taoïsme : « un voyage de mille pas commence par un pas ». Oui, garder espoir, c'est toujours savoir faire un pas de plus, quelle que soit la détresse, quel que soit l'obstacle. En fait, l'espoir, c'est aussi la confiance que l'on a dans la vie.

Le B.A.- ba de cette œuvre de salubrité intérieure consiste à retrouver une conscience claire et donc à transformer l'énergie négative qui est en nous en énergie positive : pour cela il faut apprendre à nous détacher de nos situations conflictuelles et chimères inutiles pour les considérer différemment. On s'aperçoit alors qu'en cela espoir rime bien avec voir et... se voir.

Enfin, l'espérance se partage : il est des trésors en chaque être, il faut savoir les découvrir. Car avoir l'espoir c'est aussi savoir sourire.

Marc de Smedt

Soyez les poètes de votre vie.
Osez chaque jour mettre du bleu dans votre regard,
et de l'orange à vos doigts,
des rires à votre gorge et surtout, surtout
une tendresse renouvelée à chacun de vos gestes.

Jacques Salomé

Tu es le chêne
et tu es la branche
et l'arbre et la forêt.
Ton cœur se regarde
dans ce qu'il a donné de lui à la vie.
Sois l'arbre qui se détourne
de son ombre et monte vers le soleil.
Le vent qui souffle dans les branches
peut dire : Ombre, ombre.
Les feuilles disent : Soleil, soleil.

Joë Bousquet

Si tu te sens triste et seul
quelque part dans le monde,
allonge-toi sur l'herbe
et l'énergie reviendra,
l'énergie spirituelle que le Soleil
donne à la Terre
depuis des millions d'années.

Archie Fire Lame Deer

Pendant longtemps
tu as peureusement pataugé
près du rivage en te tenant
à une planche,
Je veux maintenant que tu sois
un nageur intrépide,
Que tu plonges dans la mer,
que tu remontes à la surface,
me fasses un signe de la tête,
pousses des cris et secoues
en riant tes cheveux.

Walt Whitman

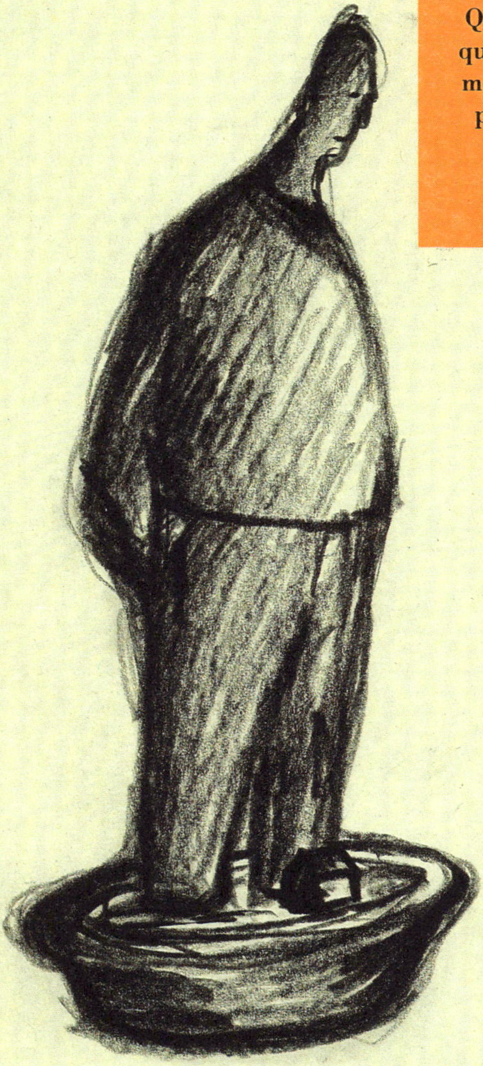

La quête

Rêver un impossible rêve
Porter le chagrin des départs
Brûler d'une possible fièvre
Partir où personne ne part
Aimer jusqu'à la déchirure
Aimer, même trop, même mal,
Tenter, sans force et sans armure,
D'atteindre l'inaccessible étoile
Telle est ma quête,
Suivre l'étoile
Peu m'importent mes chances
Peu m'importe le temps
Ou ma désespérance
Et puis lutter toujours
Sans questions ni repos
Se damner
Pour l'or d'un mot d'amour
Je ne sais si je serai ce héros
Mais mon cœur serait tranquille
Et les villes s'éclabousseraient de bleu
Parce qu'un malheureux
Brûle encore, bien qu'ayant tout brûlé
Brûle encore, même trop, même mal
Pour atteindre à s'en écarteler
Pour atteindre l'inaccessible étoile.

Jacques Brel

Je ne connaîtrai pas la peur,
car la peur tue l'esprit.
La peur est la petite mort
qui conduit à l'oblitération totale.
J'affronterai ma peur.
Je lui permettrai de passer sur moi,
au travers de moi.
Et lorsqu'elle sera passée,
je tournerai mon œil intérieur
sur son chemin.
Et là où elle sera passée,
il n'y aura plus rien.
Rien que moi.

Frank Herbert

Et un sourire

La nuit n'est jamais complète.
Il y a toujours, puisque je le dis,
Puisque je l'affirme,
Au bout du chagrin
Une fenêtre ouverte,
Une fenêtre éclairée,
Il y a toujours un rêve qui veille,
Désir à combler, faim à satisfaire,
Un cœur généreux,
Une main tendue, une main ouverte,
Des yeux attentifs,
Une vie, la vie à se partager.

Paul Eluard

Si humble soit votre vie,
faites-y face et vivez-la ;
ne l'esquivez pas
et ne l'insultez pas.
Elle n'est pas aussi mauvaise
que vous l'êtes.
C'est lorsque vous êtes
le plus riche qu'elle vous semble
la plus pauvre.
Celui qui cherche à critiquer
trouvera à critiquer
même au paradis.
Aimez votre vie,
toute pauvre qu'elle soit.
Peut-être pourrez-vous vivre
des heures agréables,
passionnantes, radieuses...
même dans un asile d'indigents.
Le soleil couchant se reflète
avec autant d'éclat aux fenêtres
de l'hospice que sur celles
de la demeure du riche ;
quand vient le printemps,
la neige fond aussitôt
devant sa porte.
Je ne vois pas pourquoi
un esprit serein ne pourrait
y goûter autant de satisfactions,
y avoir autant de pensées
réjouissantes
que dans un palais.

Henry David Thoreau

Si je recommençais ma vie,

je tâcherais de faire mes rêves encore plus grands ;
parce que la vie est infiniment plus belle et plus grande
que je n'avais cru,
même en rêve.

Georges Bernanos

C'est une expérience
de plus en plus forte chez moi
ces derniers temps :
dans mes actions
et mes sensations quotidiennes
les plus infimes
se glisse un soupçon d'éternité.
Je ne suis pas seule à être fatiguée,
malade, triste ou angoissée,
je le suis à l'unisson
de millions d'autres
à travers les siècles,
tout cela c'est la vie ;
la vie est belle
et pleine de sens dans son absurdité,
pour peu que l'on sache y ménager
une place pour tout
et la porter toute entière en soi
dans son unité ;
alors la vie,
d'une manière ou d'une autre,
forme un ensemble parfait.
Dès qu'on refuse
ou veut éliminer certains éléments,
dès que l'on suit son bon plaisir
et son caprice pour admettre
tel aspect de la vie
et en rejeter tel autre,
alors la vie devient en effet absurde ;
dès lors que l'ensemble est perdu,
tout devient arbitraire.

Etty Hillesum

1
3
2

Si ton cœur, gémissant du poids de notre vie,
Se traîne et se débat comme un aigle blessé,
Portant comme le mien, sur son aile asservie,
Tout un monde fatal, écrasant et glacé ;
S'il ne bat qu'en saignant par sa plaie immortelle,
S'il ne voit plus l'amour, son étoile fidèle,
Éclairer pour lui seul l'horizon effacé ;

(...)

Pars courageusement, laisse toutes les villes ;
Ne ternis plus tes pieds aux poudres du chemin ;
Du haut de nos pensers vois les cités serviles
Comme les rocs fatals de l'esclavage humain.
Les grands bois et les champs sont de vastes asiles,
Libres comme la mer autour des sombres îles.
Marche à travers les champs une fleur à la main...

Alfred de Vigny

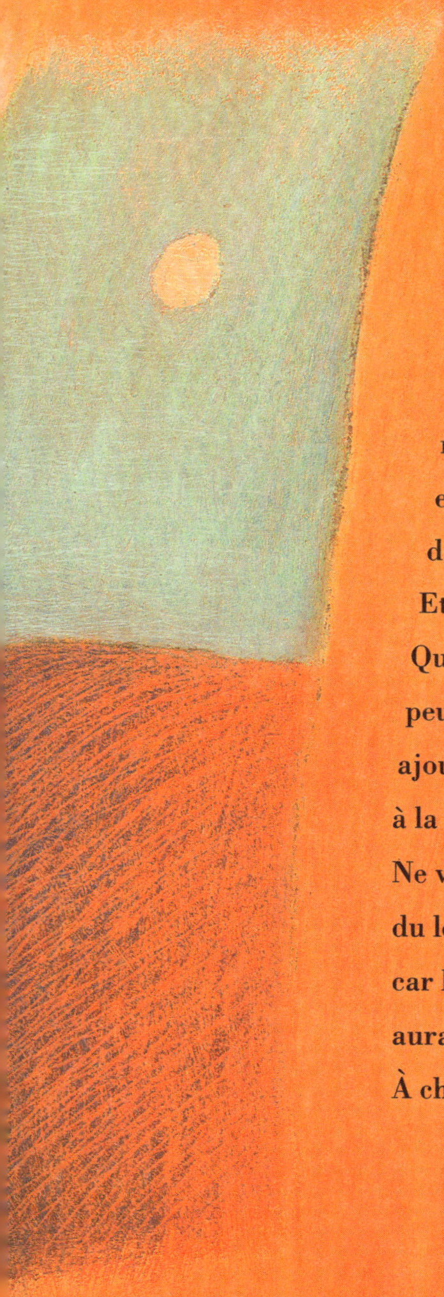

Ne vous inquiétez pas
pour votre vie
de ce que vous mangerez,
ni pour votre corps
de quoi vous le vêtirez.
Regardez les oiseaux du ciel :
ils ne sèment
ni ne moissonnent,
et ils n'amassent rien
dans des greniers.
Et votre père les nourrit !
Qui de vous
peut par son inquiétude
ajouter une coudée
à la durée de sa vie ?
Ne vous inquiétez pas
du lendemain
car le lendemain
aura soin de lui-même.
À chaque jour suffit sa peine.

Jésus de Nazareth
(Évangile selon St Matthieu)

LA TENDRESSE

EST PLUS FORTE

QUE LA DURETÉ,

L'EAU

EST PLUS FORTE

QUE LE ROCHER,

L'AMOUR

EST PLUS FORT

QUE LA VIOLENCE.

Hermann Hesse

Ce que tu as appelé monde
il faut commencer par le créer.
Ta raison, ton imagination,
ta volonté, ton amour
doivent devenir ce monde,
la vie n'aura servi à rien
à celui qui quitte le monde
sans avoir réalisé son propre monde.

Brihadaranyaka Upanishad

L'impossible,
nous ne l'atteignons pas,
mais il nous sert de lanterne.

René Char

Qui que tu sois !

tu es celui ou celle pour qui la terre

est solide et liquide,

Tu es celui ou celle

pour qui le soleil et la lune

sont suspendus dans le ciel,

Le présent et le passé

n'existent pour nul autre que pour toi,

L'immortalité n'existe pour nul autre que toi.

Walt Whitman

L'arbre
qui remplit le ciel
est né
d'une toute petite
graine ;

la tour de neuf étages
a commencé
par une motte
de terre ;

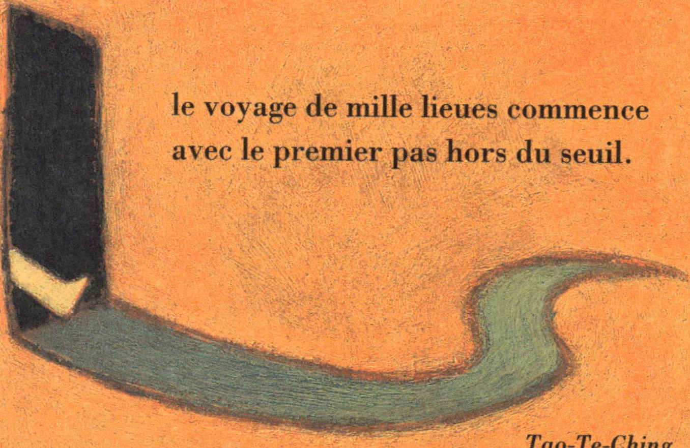

le voyage de mille lieues commence
avec le premier pas hors du seuil.

Tao-Te-Ching

Dans la nuit et dans l'espérance

Aujourd'hui, dans la nuit
du monde et dans l'espérance
de la Bonne Nouvelle, j'affirme
avec audace ma foi dans l'avenir
de l'humanité. Je refuse de croire
que les circonstances actuelles rendent
les hommes incapables de faire une terre
meilleure. Je refuse de croire
que l'être humain ne soit qu'un fétu de paille
ballotté par le courant de la vie, sans avoir
la possibilité d'influencer en quoi que ce soit
le cours des événements.
Je refuse de partager l'avis de ceux
qui prétendent que l'homme est à ce point
captif de la nuit sans étoile du racisme
et de la guerre, que l'aurore radieuse
de la paix et de la fraternité
ne pourra jamais devenir une réalité.
Je refuse de faire mienne la prédiction
cynique que les peuples descendront
l'un après l'autre
dans le tourbillon du militarisme
vers l'enfer de la destruction
thermonucléaire.

Je crois que la vérité
et l'amour sans conditions
auront le dernier mot effectivement.
La vie, même vaincue provisoirement,
demeure toujours plus forte que la mort.
Je crois fermement que, même
au milieu des obus qui éclatent
et des canons qui tonnent, il reste l'espoir
d'un matin radieux.
J'ose croire qu'un jour
tous les habitants de la terre pourront recevoir
trois repas par jour pour la vie de leur corps,
l'éducation et la culture pour la santé
de leur esprit, l'égalité et la liberté pour la vie
de leur cœur. Je crois également qu'un jour
toute l'humanité reconnaîtra en Dieu
la source de son amour.
Je crois que la bonté salvatrice
et pacifique deviendra un jour la loi.
Le loup et l'agneau pourront
se reposer ensemble,
chaque homme pourra s'asseoir
sous son figuier, dans sa vigne,
et personne n'aura plus
de raison d'avoir peur.

Martin Luther King

Ami,
il n'y a rien de ce que je pourrais vous offrir
que vous ne possédiez déjà,
mais il y a beaucoup de choses
que je ne puis donner
et que vous pouvez prendre.
Il n'existe pas de paix dans l'avenir
qui ne soit cachée dans ce court moment présent.
Prenez donc la paix.
L'obscurité du monde n'est qu'une ombre.
Derrière elle, et cependant à notre portée,
se trouve la joie.
Il y a dans cette obscurité une splendeur
et une joie ineffables
si nous pouvions seulement les voir.
Et pour voir, vous n'avez qu'à regarder.
Je vous prie donc de regarder.

La vie est tellement emplie de sens et de propos,
tellement pleine de beautés
au-dessous de son enveloppe,
que vous apercevrez que la terre
ne fait que recouvrir votre ciel.
Courage donc pour le réclamer. C'est tout.
Mais vous avez du courage et vous savez
que nous sommes ensemble des pélerins
qui, à travers des pays inconnus,
se dirigent vers leur patrie.
Ainsi, je vous salue, non pas exactement
à la manière dont le monde envoie ses salutations,
mais avec la prière : que pour vous maintenant
et à jamais, le jour se lève et les ombres s'enfuient.

Fra Angelico da Fiesole

En automne,
je récoltais
toutes mes peines
et les enterrais
dans mon jardin.
Lorsqu'avril refleurit
et que la terre
et le printemps
célébrèrent leurs noces,
mon jardin fut jonché
de fleurs splendides
et exceptionnelles.
Mes voisins vinrent
les admirer
et chacun me dit :
« Quand reviendra
l'automne,
la saison des semailles,
nous donneras-tu
des graines de ces fleurs
afin que nous puissions
les planter
dans nos jardins ? »

Khalil Gibran

Plus profondément
le chagrin creusera votre être,
plus vous pourrez contenir de joie.

Khalil Gibran

Ce n'est pas seulement le monde
qu'il s'agit de changer ; mais l'homme.
D'où surgira-t-il, cet homme neuf ?
Non du dehors.
Camarade, sache le découvrir
en toi-même,
et, comme du minerai l'on extrait
un pur métal sans scories,
exige-le de toi, cet homme attendu.
Obtiens-le de toi.
Ose devenir qui tu es.
Ne te tiens pas quitte à bon compte.
Il y a d'admirables possibilités
dans chaque être.
Persuade-toi de ta force
et de ta jeunesse.
Sache te redire sans cesse :
« Il ne tient qu'à moi ».

André Gide

Être jeune

La jeunesse
n'est pas une période de la vie,
elle est un état d'esprit,
un effet de la volonté,
une qualité de l'imagination,
une intensité émotive,
une victoire du courage
sur la timidité,
du goût de l'aventure
sur l'amour du confort.
On ne devient pas vieux
pour avoir vécu
un certain nombre d'années :
on devient vieux
parce qu'on a déserté son idéal.
Les années rident la peau;
renoncer à son idéal ride l'âme.
Les préoccupations, les doutes,
les craintes et les désespoirs
sont les ennemis qui, lentement,
nous font pencher vers la terre
et devenir poussière avant la mort.
Jeune est celui qui s'étonne
et s'émerveille.

Il demande,
comme l'enfant insatiable :
Et après ?
Il défie les événements
et trouve la joie au jeu de la vie.
Vous êtes aussi jeune
que votre foi.
Aussi vieux que votre doute.
Aussi jeune que votre confiance
en vous-même.
Aussi jeune que votre espoir.
Aussi vieux que votre abattement.
Vous resterez jeune
tant que vous serez réceptif.
Réceptif à ce qui est beau,
bon et grand.
Réceptif aux messages
de la nature,
de l'homme et de l'infini.
Si un jour,
votre cœur allait être mordu
par le pessimisme
et rongé par le cynisme,
puisse Dieu avoir pitié
de votre âme de vieillard.

attribué à Douglas Mac Arthur

Génies
éteints dans les larmes,
cœurs méconnus,
enfants désavoués,
proscrits innocents,
vous tous
qui êtes entrés dans la vie
par ses déserts,
vous qui partout avez trouvé
les visages froids,
les cœurs fermés,
les oreilles closes,
ne vous plaignez jamais !
Vous seuls pouvez connaître
l'infini de la joie
au moment où pour vous
un cœur s'ouvre,
une oreille vous écoute,
un regard vous répond.
Un seul jour effacе
les mauvais jours...

Honoré de Balzac

L 7 14 21 28
M 1 8 15 22 29
M 2 9 16 23 30
J 3 10 24
V 4 11 18 25
S 5 12 19 26
D 6 13 20 27

Ne reste pas à pleurer devant ma tombe,
Je n'y suis pas, je n'y dors pas.
Je suis un millier de vents qui soufflent ;
Je suis le scintillement du diamant sur la neige.
Je suis la lumière du soleil sur le grain mûr ;
Je suis la douce pluie d'automne.

Quand tu t'éveilles dans le calme du matin,
Je suis le prompt essor
Qui lance vers le ciel où ils tournoient les oiseaux silencieux.
Je suis la douce étoile qui brille la nuit.
Ne reste pas à te lamenter devant ma tombe.
Je n'y suis pas ; je ne suis pas mort.

Anonyme

J'institue

pour légataire universelle

la jeunesse du monde.

Le plus grand malheur

qui puisse vous arriver,

c'est de n'être utile à personne,

c'est que votre vie ne serve à rien.

Soyez riches, vous,

du bonheur des autres.

S'il manque quelque chose

à votre vie,

c'est parce que vous n'avez pas regardé

assez haut.

Et puis croyez en la bonté,

en l'humble et sublime bonté.

Le trésor que je vous laisse,

c'est le bien que je n'ai pas fait,

que j'aurais voulu faire

et que vous ferez après moi.

Raoul Follereau

Mon testament

Ceci est mon testament.
J'ai aujourd'hui quatre-vingts ans.
La vie est courte.
Pourtant, je suis étonné de pouvoir encore regarder le ciel
et d'avoir échappé aux mille accidents qui menacent,
ici-bas, la vie de chaque créature.
(...)
Je lègue aux jeunes peintres toutes les fleurs des champs,
les bords des ruisseaux, les nuages blancs et noirs
qui passent au-dessus des plaines, les rivières, les bois
et les grands arbres, les côteaux, la route, les petits
villages que l'hiver couvre de neige, toutes les prairies
avec leur magnifique floraison et aussi les oiseaux
et les papillons... Ces biens-là, ces inestimables biens
que chaque saison voit renaître, fleurir, palpiter,
ces biens-là que sont l'ombre et la lumière, la couleur
du ciel et de l'eau, ne faut-il pas nous rappeler parfois
qu'ils sont notre inestimable patrimoine, instigateurs
de chefs-d'œuvre ?
Trésor commun, sur lequel le fisc perd ses droits
et que peut léguer, sans déranger le notaire, un vieux
peintre dont les yeux éblouis conservent encore l'image
des champs, des prés, dont l'oreille garde le bruit
des sources... tout cela en aurons-nous assez joui ?
L'aurez-vous assez admiré ? Aurez-vous pleinement goûté
ce qu'ont d'émouvant l'aube qui pointe et la journée
que l'on ne reverra plus, pour en fixer sur la toile
le sentiment profond et éternel ?
Je n'ai jamais rien demandé. La vie m'a tout donné.
J'ai fait ce que j'ai pu, j'ai peint ce que j'ai vu.

Maurice Vlaminck

Je nous souhaite d'aimer.
Je nous souhaite la folie de croire
que le monde peut être transformé,
c'est-à-dire plus juste et plus fraternel.

Mais c'est en nous
que la flamme doit être ranimée.
Osons !

Je nous souhaite la vigilance
au milieu de la nuit
et la force de rêver.

Et si la clarté des étoiles
nous paraît encore lointaine,
je demande la force du souffle
qui conduit le coureur épuisé
à transmettre à d'autres le flambeau.

Peu importe si, parfois,
le genou fléchit et le cœur se serre.
Le feu est dans le ciel noir
où nous ranimerons notre vaillance.
Le feu est en chacun de nous
comme un miroir
où nous nous reconnaissons
homme parmi les hommes.

Jean Ristat

Un jour, une jeune femme en pleurs vint trouver le Bouddha.
Son enfant venait de mourir et comme elle avait déjà perdu son mari, il ne lui restait plus personne au monde.
Elle espérait du Bouddha un miracle, voulait qu'il lui rende son enfant.
Le Bouddha lui sourit avec bonté et lui dit :
— Va en ville et rapporte-moi quelques grains de sénevé d'une maison où jamais personne n'est mort.
Elle y alla. Mais partout elle reçut la même réponse :
— Nous pourrions te donner autant de grains de sénevé que tu veux, mais ta condition est impossible à remplir ! Beaucoup de personnes ont déjà rendu l'âme sous ce toit !

Toute la journée, elle s'obstina et alla de porte en porte,
espérant trouver une maison où la Faucheuse n'aurait jamais frappé.
À la nuit tombée, elle renonça, comprenant que la mort
faisait partie de la vie et qu'il était inutile de vouloir la nier.
Elle retourna voir le Bouddha qui lui demanda
si elle rapportait des grains de sénevé. La femme se prosterna en disant :
— Accorde-moi l'Initiation, je souhaite connaître ce qui n'est pas
éphémère. Je ne te demanderai plus de me rendre mon enfant
car il mourrait de toute façon un jour ou l'autre.
Enseigne-moi plutôt ce qui ne meurt jamais.

Parabole bouddhiste

Les gens se sentent seuls parce qu'ils construisent

des murs plutôt que des ponts. *Kathleen Norris*

Si vous vous accrochez à la nature,
à ce qu'il y a de simple en elle, de petit,
à quoi presque personne ne prend garde,
qui, tout à coup, devient l'infiniment grand,
l'incommensurable,
si vous étendez votre amour
à tout ce qui est,
si très humblement vous cherchez à gagner en serviteur
la confiance de ce qui semble misérable,
— alors tout vous deviendra plus facile,
vous semblera plus harmonieux
et, pour ainsi dire, plus conciliant.

Rainer Maria Rilke

Impose ta chance,
serre ton bonheur
et va vers ton risque.

À te regarder,
ils s'habitueront.

René Char

Sources des textes

. **Jacques Salomé**, *Bonjour Tendresse*, Albin Michel, 1993.
. **Joë Bousquet**, *Le Passeur s'est endormi*, Denoël, 1939.
. **Archie Fire Lame Deer** (chaman indien), *Inipi, le Chant de la terre*, L'or du temps, 1990.
. **Walt Whitman**, *Feuilles d'herbe*, Trad. Roger Asselineau, Aubier, 1989.
. **Frank Herbert**, *Dune*, Robert Laffont et Presses Pocket 1980.
. **Paul Éluard**, « Et un sourire », *Derniers poèmes d'amour*, Seghers, 1962.
. **Henry David Thoreau**, *Walden ou la Vie dans les bois*, 1854 ; extrait traduit par Michel Piquemal.
. **Etty Hillesum**, *Une Vie bouleversée, Journal 1941-1943*, Trad. P. Noble, Le Seuil, 1985.
. **Alfred de Vigny**, « La Maison du berger », *Les Destinées* (posthume 1864).
. **Jésus de Nazareth**, *Évangile selon Saint-Matthieu 6, 25-34.*
. **Herman Hesse**, *Siddhartha*, coll. « Cahiers rouges », Grasset, 1988.
. **René Char**,*L'âge cassant*, Recherche de la base et du sommet, Poésies, Gallimard.
. **Walt Whitman**, *Feuilles d'herbe*, Trad. Roger Asselineau, Aubier, 1989.
. **Martin Luther King**, « Je fais un rêve », Trad. Marc Saporta, Le Centurion, 1987.
. **Khalil Gibran**, *Le Sable et l'écume*, Éd. Albin Michel, 1990.
. **Khalil Gibran**, *Le Prophète*, Éd. Albin Michel, 1991.
. **André Gide**, *Les Nouvelles nourritures terrestres*, Gallimard, 1936.
. **Honoré de Balzac**, *Le Lys dans la vallée*, 1835.
. **Raoul Follereau**, in *Testament*, © Association Raoul Follereau - siège social : 31 rue de Dantzig, 75015 Paris - ccp : 29-29 P Paris.
. **Rainer Maria Rilke**, *Lettres à un jeune poète*, Trad. B. Grasset et Rainer Biemel, coll. « Cahiers rouges », Grasset, 1937.
. **René Char**, « Rougeur des matinaux », *Les matinaux*, Gallimard 1969.

Nous remercions Messieurs les Auteurs et Éditeurs qui ont bien voulu nous autoriser à reproduire les textes ou fragments de textes dont le copyright reste leur propriété. Malgré nos efforts, nous n'avons pu, pour certains textes, en identifier les ayants droit. Nous prions ceux-ci de bien vouloir prendre contact avec nous afin de combler ces lacunes.

Dans la série **PAROLES** :

PAROLES D'ESPOIR
par Michel Piquemal
et présentées par Marc de Smedt
PAROLES DE RÉVOLTE
par Michel Piquemal
PAROLES DE SÉRÉNITÉ
par Marc de Smedt
PAROLES DE FRATERNITÉ
par Michel Piquemal
et présentées par l'abbé Pierre
PAROLES DE PARESSE
par Michel Piquemal
PAROLES DE NON-VIOLENCE
par Jean-Marie Muller

Dans la série **CARNETS DE SAGESSE :**

PAROLES INDIENNES
par Michel Piquemal
PAROLES DU BOUDDHA
par Marc de Smedt
PAROLES ZEN
par Marc de Smedt
PAROLES DE LA GRÈCE ANTIQUE
par Jacques Lacarrière
PAROLES DE JÉSUS
par Jean-Yves Leloup
PAROLES DE LA ROME ANTIQUE
par Benoît Desombres
PAROLES DE SAGESSE JUIVE
par Victor Malka
PAROLES DE L'ISLAM
par Nacer Khémir
PAROLES DU TAO
par Marc de Smedt
PAROLES DE L'ÉGYPTE ANCIENNE
par François-Xavier Héry
PAROLES DE NATURE
par Jean-Marie Pelt
PAROLES DE SCIENCE
par Albert Jacquard
PAROLES D'AFRIQUE
par Gerard Dumestre
PAROLES DE CELTES
par Jean Markale
PAROLES DE FRANCS-MAÇONS
par Jack Chaboud
PAROLES SOUFIES
par Sylvia Lipa Lacarrière

Imprimé en France par Pollina s.a., 85400 Luçon - n° 71085

ESPOIR